我因春来而芬芳

郜天明 | 著 |

中國華僑出版社

· 北京 ·

图书在版编目（CIP）数据

我因春来而芬芳 / 郜天明著. -- 北京：中国华侨出版社, 2025. 5. -- ISBN 978-7-5113-9592-4

Ⅰ. I227

中国国家版本馆CIP数据核字第2025W3R662号

我因春来而芬芳

WO YIN CHUNLAI ER FENFANG

著　　者：郜天明

责任编辑：罗路晗

封面设计：末末美书

版式设计：浪波湾图文工作室

经　　销：新华书店

开　　本：710毫米 × 1000 毫米　1/16开　印张：17.75　字数：145 千字

印　　刷：河北朗祥印刷有限公司

版　　次：2025 年 5 月第 1 版

印　　次：2025 年 5 月第 1 次印刷

书　　号：ISBN 978-7-5113-9592-4

定　　价：78.00 元

中国华侨出版社　北京市朝阳区西坝河东里77号楼底商5号　邮编：100028

发 行 部：（010）64443051　编辑部：（010）64443056

前 言

这是我四十多年来，就日常生活中的一些所见所闻和奇思妙想转化为人生的感悟，一种或甜或苦、或喜或悲的人生感悟，把它们用新诗的形式记录下来，权当是与读者进行一番心灵深处的交流，也算是对自己四十多年的文艺创作之路做个标记，上面可写上“郜天明曾到此一游”，用以时刻警醒自己，时刻鞭策自己，前面的路还很长而且崎岖泥泞，一定要用时不我待的精神，勇于实践、勇于攀登、勇于前行，以不负自己已经逝去的青春年华。

这本书叫《我因春来而芬芳》，是一本新诗集。为什么要取这个书名呢？原因有以下两点。

第一，这是《二月兰赋》中的一句诗。我认为，一本书的书名最好也是这本书的“书眼”。说到“书眼”，我便想到了“诗眼”这个词。历来诗人都对写诗有个共识，那就是诗要有“诗眼”。“诗眼”是诗歌的灵魂，就比如《二月兰赋》这首诗，最后两句是“春因有我而美丽 / 我因春来而芬芳”。这是多么高洁的二月兰，这是多么自信的二月兰。我觉得这就是这首诗的“诗眼”。用有“诗眼”性质的诗句作为这本诗集的书名，我想读者也能够理解吧！

第二，我认为，任何事物的存在，都和它赖以生存的大环境有关。比如二月兰，当我们看到它的时候，就能感觉到春天来了，这是我们的感受。而二月兰呢？它是感受到了春天的温暖，才尽情绽放的。是春天给了它生命，是春天给了它馨香。它感恩春天，因此它才会从心底发出“春因有我而美丽 / 我因春来而芬芳”的感慨。在这里，春天是“大我”，二月兰则是“小我”。就这本书而言，作者不重要，重要的是书中的诗要好。换句话说，就是“作者是‘小我’，作品才是‘大我’”。以二月兰为代表的诗的意象生活在这本书里，我希望它们能愉悦读者的心情，能滋润读者的心灵，希望它们能同读者同呼吸、共命运。所以我想，用二月兰的感悟作为本书的书名，是最恰当的。因为它是以二月兰的口吻诚邀春天、致敬春天的。

近年来，在整理这些诗作的时候，有一个问题一直困扰着我——新诗怎样才能走出低谷、走向繁荣、走向辉煌？这使我想起了前些年姜昆、戴志诚、赵津生说的一段相声，叫《和谁说相声》，里面有几句台词说得既生动又俏皮：“我有才能，我的才能就像怀孕。”“时间越久，越觉得肚子里有东西”。好一个“肚子里有东西”，这不正是我们时下的许多诗里所缺少的吗？诗里要有东西，诗里应该有东西。它不应该只是空洞的说教，它应该有灵魂作为支撑，这个灵魂应该就是“诗眼”。而“诗眼”就是诗中的意象通过优美的音律所展示出的深刻的思想、高远的境界和真挚的感情。说到底，诗歌还是语言的艺术。如果说思想、境界、意象、情感是诗歌的魂的话，那语言就是诗歌的形，而魂是要靠形来表现的。形就是魂的生存家园和生命载体。一首好诗，必定是形魂统一、形魂相依，只有这样，它才能具有生命力和感召力。而“有东西”是它的前提条件、必要条件。诗中的“东西”，我想就是意象吧。因为诗的思想、境界、情感是要通过诗中的特定意象用语言来抒发的，所以，在诗中，意象就是这个“东西”。但“东西”不是拍照定格，它不是一成不变的，而是要激情飞跃、天马行空。我们可以写它的俏皮可爱，也可以写它的活泼有趣；既可写出它的爱恨情仇，也可写出它的喜怒哀乐；既要让它虚实相生，又要让它情景交融；既可以写得望眼欲穿，如跃马奔驰，挥枪舞剑，也可以写得空灵幽远，如星辰思乡，花开有声，更可以写到情至深处，戛然而止，就当是给读者出了一道题、设了一个问，留一片让诗情飞越的空间给读者，让读者走进诗中，去思考、去回答。如果是我（指读者），我会怎么做，让读者和诗中的意象对话、结缘，和诗人以及诗中的意象产生共鸣，让作者、读者和诗中的意象来次三方会谈，以凸显诗歌作品的友好和情真、亲民和有趣。因为“趣”是读者喜爱诗歌的重要因素。说到此，我想说，如果意象是诗歌的外在体貌，那“诗眼”便是诗歌的内在灵魂。应该说，一首好诗，既要有沉鱼落雁的美貌，又要有至诚至尊的灵魂，两者相辅相成，缺一不可。

以上拉拉杂杂地说了这么多，不知对否。如有跑题或不对之处，还望读者批评指正。

最后，我就用本诗集中的《自画像》一诗作为结束语吧！

奋楫搏浪植莲藕

苦泪拍打身瘦

暗烛摇风寒彻骨

鞭影由来久

除非孙悟空

何须紧箍咒

登临绝顶倚桃红

愿与风雨同舟

种得百花硕果香

喜把心血酬

苦志　劳骨　饿体三步曲

哪个不胜紧箍咒

郜天明

2023 年 12 月 24 日夜

祝大家平安，这个“大家”包括参与本次对话的三方：读者、诗作和我。

目录

一　光辉旗帜

二　大美河山

三　人生感悟

四　物我交融

五　人物写真

六　美好四季

七　心心相印

八　劳动赞歌

九　无奈时刻

一
光辉旗帜

回首往昔，不难发现，我们今天的生活是多么幸福祥和。社会和谐稳定，人民安居乐业。在这个无比辉煌的国度里，大家可以心情愉悦地工作，和和美美地生活。这来之不易的幸福时光，是在中国共产党的领导下，经过几代人的艰苦努力而奋斗出来的。在这艰苦卓绝的奋斗中，涌现出了许多勇于献身的革命先行者，他们和时代同呼吸、共命运，谱写出了许许多多可歌可泣的壮丽乐章，他们就像一面面伟大的旗帜，把我们引向了如诗如画的美好生活。作为这个辉煌时代的亲历者、受益者，我怎能不为他们歌唱呢！

我们是永远的义勇军
——献给中国共产党成立 100 周年

豪爽的杯酒盛满跋涉
盛开于地的百花如约
欢愉的歌儿醉笑征者
铺就于天的彩云追月

谁能甜过春风
谁能香过秋色

任海燕翱翔
你的胸怀是沧海
令百花争艳
你的怀抱是原野

你看　在时间的枝头
生长着红色日出
你看　在空间的旷野

情缘澎湃着热血

崇尚的情之树长出爱心
圣洁的爱之路走出忠诚

我不做卫士谁做卫士
（真诚的爱不就是这样吗）
我不去献身谁去献身
（圣洁的情不就是这样吗）

帆儿离岸好远好远
前进
绽放着迷人的曙光

（征途如果还有鸦片
我们便是你的铁铲
征途如果还有国贼
我们便是你的巨掌）

为新生而献出的血
已长成一片桃香
艳红

※ ※ ※

缘　同道

情　共进

生的源泉是真

爱的执着是生

你是进击的耕者

立足时代的云头

情洒黄土高坡

创意中原广博

置身崇山峻岭

挽手浇出米粮川

（谁让苍生在我的心头呢）

置身崇山峻岭

躬身托起艳阳天

（谁让苍生在我的脑海呢）

席花香

笑得谷子沉

围鸟语

唱出高粱红

我愿做一朵红色的云
纷飞在黄土坡
纷飞在南湖上
高扬青春的乐章

帆儿离岸好远好远
前进
飘洒着醉人的馨香

（征途如果还有大渡河
我们会重踏铁索链
征途如果还有“四一二”
我们还会起义在南昌）

为发展而流的汗
已化为甘泉
沐春

※ ※ ※

恋　同频

爱　共振

生的源泉是真

爱的执着是生

您是搏浪的水手

立于潮涌的浪尖

任凭海角天涯

任凭涛狂浪险

置身险滩恶浪

挥手激起九级浪

（谁让浪花别在我的胸前呢）

置身险滩恶浪

扬眉撒下花连天

（谁让浪花开在我的心头呢）

迎波涛

染红了满山硕果艳

挽青山
甜醉了阵阵稻花香

我愿做一场迎春的雪
催生稻花香里说丰年
投身但愿苍生俱饱暖
践行执政为民的誓言

帆儿离岸好远好远
前进
响彻着动人的交响

征途如果还有经济封锁搞围困
我们将自力更生发展大生产
征途如果还有以强凌弱搞霸权
我们将会把维护世界和平的重任扛在肩

为进步而留下的脚印
已长出新绿
爱人

※ ※ ※

同呼吸　与民

共命运　与民

生的源泉是真

爱的执着是生

生命就是苦行僧

畅饮征途的艰辛

绿水青山云浪漫

任重道远旗帜红

别一片枫叶

您就是展翅的雄鹰

捧一捧甘泉

您就是弄潮的蛟龙

这就是你呀神韵飘香的东方

澎湃着热血和忠贞

前进

前进

向着红色相思
向着红色眷爱
这就是你呀激情涌动的东方
奉献着智慧和青春
前进
前进
向着祖国的统一大业
向着民族的伟大复兴
前进
前进
前进进
（我们是永远的义勇军
前进是我们唯一的审美坐标）

帆儿离岸好远好远
前进
澎湃着爱人的合唱

（我们情愿再一次决战淮海
好让路途畅通
我们情愿再一次强渡长江

造福万代子孙）

为民生而付出的爱

已化为大海

载舟

江姐（二首）

一

是红梅揉碎了千年的冰封

大地才变成园林

是春风唤醒了沉睡的原野

大地才五谷丰登

神州处处是你为民请命的身影

你用女儿的柔情

抚平了铁鞭的印痕

你用母亲的从容

擦去了屠刀的寒锋

中国便走向复兴

天边那片红霞一样的云
是你织出的锦
你为后世所植的片片桃香
已把千年的岩石染红

华夏便昌盛繁荣

二

是你打开了我的泪腺
是你让我泣不成声
是你让我挺起腰杆
是你让我敢于冲锋

倒下　不可怕
你听那为我们报仇的炮声震耳欲聋
流血　不可怕
只要能把祖国的山水映红

太阳升起
我们会发出会心的微笑
万家灯火
是我们期盼的满天星

董存瑞

我很瘦弱
像一根火柴
头顶总有一团火
温暖着大众

我很单薄
像一片树叶
心中总有一股情
护卫着百花红

为救民众于水火甘碎骨
为使生灵免涂炭宁粉身

刘胡兰

你怕
民不能生
便挺起胸

你不怕
自己死
便从容去品

你用伟大的生
成就时代
时代便发展文明

你用光荣的死
造福人间
人间便进步繁荣

后来人呢

雷锋

你别问
我是谁

我并不是
春天的红梅
夏日的牡丹
秋天的金菊
冬日的雪莲

我只是
你的同志
友爱互助天下一家手换手
重任同担国家一统肩并肩

白求恩

耕耘辛苦
奉献互助
是我的人生哲学

流血
怕什么
犹如挂在天边的曙色

驱狼逐豹
舍我何惜

观电影《刑场上的婚礼》有感

祝福我们吧
不愿做奴隶的人们

在带血的刺刀上
我们舞得正尽兴

倒下　怕什么
倒下是为了更强劲地起身
流血　怕什么
流血是为了把干涸的大地滋润

彻底埋葬封建势力
我们肩负着历史重任
我们愿用我们带血的婚礼
去见证新中国的诞生

待到来日春暖花开
我们再相逢
你看　那满山的红杜鹃
是我们得到了新生

筑路人

躬下身让你们踩

是我的喜悦

护堤人

以寒风当歌

与恶浪相舞

走着一条孤寂的路

护着一条欢乐的河

洞察草丛中的蚁穴

是我的绝活

光辉旗帜

飘扬吧　伴随着国歌耸入蓝天
欢腾的人潮喜气洋洋
浩浩荡荡前进着一支队伍
向着繁荣　向着辉煌

初心萦怀　催生奋进号角
使命千钧　激发豪情万丈

是你
把民众的饱暖记心间
是你
把民族的复兴扛在肩

五星红旗
你是我永远的爱恋

情洒荒滩
——写给青年突击队

娶亲的锣鼓声中彩旗飘扬
迎亲的队伍沸沸扬扬
荒滩　新颖的洞房
汗水是新人的花环
寒风能够取暖
人生能有几回新
新　就要新出个不同凡响
要让流失重聚拢
要让荒芜变粮仓

娶亲的锣鼓声中彩旗飘扬
迎亲的队伍沸沸扬扬
荒滩　别致的洞房
汗水是新人的证书
飞雪是庆贺的喜糖
青春能有几多年

要让青春怒放
让高山低头造福民间
让河水让路正本归源
踩碎了乱石踩碎了星光
扛起了来年庄禾千重浪

风萧萧　雪飘飘
荒滩　正为新人闹洞房

乡村新曲

斟一杯甘醇的美酒
敬勤劳的人民
一扫那横秋老气
换全新

排排楼房溢金
条条街道如镜
如潮的行人似彩蝶
仿佛入仙境

看这边
电话亭
看那边
娱乐厅
瞧这边
商贸城
瞧那边
健身中心
有澡堂有餐厅
有发廊有歌厅
最美的建筑里
传出琅琅读书声

曙色彤
雁阵冲天托日升
晚霞红
鸿鹄展翅挂星辰

哦　我的
新农村

绿色证书（二首）

一

不是学历
不是军衔
是春风如诗
是大地丰厚的嫁妆

二

辛勤铺满了原野
汗水涌动起春潮
捧着她
捧着笑

二 大美河山

我陶醉了，被这山，被这水；我忘情了，被这山，被这水。这就是生我养我的地方，这就是孕育出东方文明的神圣之地——中国。每个中华儿女对她都有不离不弃的高尚情怀，每个炎黄子孙对她都有割舍不断的无比眷恋。登山，可以望断正在南飞的金光闪闪的冲天大雁；涉水，那一滩被惊起的鸥鹭正被晚霞映衬得如星辰般灿烂……我怎能不想写首诗呢？

梯田

辛勤的汗水
是庄稼的笑脸
抵御山洪的冲击
是挺起的脊梁

空中花园

1995年7月26日晚上10点左右，在天空正顶稍偏西北处有一星状物突然变亮变大，后呈扇形向东北方向扩展，似鳞瓦盖世，又像孔雀开屏，其势五彩斑斓，颇为壮观。大约20分钟后自然消失。特作。

似花园
似仙境

是谁如此神通
是谁巧夺天工

是众仙翩翩起舞
是诸神驾雾腾云

美是自然的恩赐
美是斑斓的化身

那笑声
是有情人亲吻的回音

人间天上一线牵
如请织女
织幅壮锦
定比此幅更动人

你说呢

黄土地

抹不去的倦色
抚不平的皱褶
雁声
是游子的天河
生命是躬身的脊梁
奉献是崇高的品德
信天游走红的时候
是鲜花盛开的季节

山路边的小亭

没有仙境的霞彩
没有城市的繁华
没有庙宇的香火
没有雪峰的无瑕

或许与寂寞为伴
是绝代潇洒
茫茫山野
是她葱茏的家
涓涓溪流
是她不息的步伐
弹痕斑斑
是她岁月的伤疤
山路弯弯
是她跋涉的脚丫
而她却
一任那满目的风沙
烈日寒风她紧咬着牙
山洪野火她坚韧不拔
满额的波涛
写尽那悲喜交加

悲　厌恶那见利忘义
喜　甘为钟爱梳白发
悲　厌恶那贪婪掠夺
喜　是杯小歇的清茶

到此的人

谁不想亲亲她

到此的人

谁不想爱爱她

到此的人

谁不想拥有她

而她

宁肯终身不嫁

勇于攀登的人

用青春年华

献给她一束圣洁的鲜花

怕干枯

用深情拧出汗水滋润她

太阳在笑　月儿在笑

而她却溢出泪花

真正的诗人

却不敢见她

激情是诗人的血脉

钟情是诗人的骨架

潦倒是诗人的别名

诗人竟买不起一件送她的婚纱

想写首诗给她

又怕她羞羞答答

浪漫的情怀

茂盛于海角天涯

敬仰是最好的向导

何不促膝说说心里话

青纱帐

毕生的夙愿挂满枝头

金色的喜悦醉在心头

这就是你

昔日的战场

延伸着爱的风流

如果有来生

小川呀

你依旧是热血儿郎

迎娶甘蔗林

令李白

望而兴叹

春讯

大地梳妆的时候

风说

是我的功

雪说

是我的情

小草一阵好笑

点燃了满地灯笼

饭市

乡下人吃饭
不讲排场
不论男女老幼
就地坐成一圈
你说西来我说东
有理就争个面红耳赤
有趣就侃个兴高采烈
越说越有声有色
纵论天下
横谈美色
犹如一条神采的飘带
维系着邻里的喜悦

窑洞

从远古走来

为了生存

容颜未改

顶着沉重

是你

高举着进化的旗帜

是你

引领着文明的步伐

最爱延安那一束光

映红了朝霞

温暖了大众

山火

为秋洗尘

为春接风

仰望着星斗满天

抒发着阳光般的热情

如都市的霓虹灯

伴着夕阳红

铁路（二首）

一

是线

串引着栋梁根根

前进的步伐

与时代平行

二

是优秀的焊工
使南北相连
东西相通
是爱美的红娘
使历史与未来
结缘在当今

桥（二首）

一

不理解
才需要沟通
人生之路
从此而轻松

二

连接两颗心的

是血与火的相映

雨后

我曾误作彩虹

山峰

在天际

在头顶

是劲松苍健

是柱石高擎

胸前的哈达里

住着雁鹰

黄土地如是说

广漠

是气魄

广漠

是体格

唯一的弱点

是流失

游子说

我是母亲

坚强的守护者

有你，我永远不会长大
——写给纷纷扬扬的雪花

别再骗我了

你不是花

你是多情的少女

笑放出洁白的脸颊

风姿丽质

高贵典雅

春风潮起潮落

你入红尘潇洒

歌舞浪漫温馨

你在独秀奇葩

让你动情的不是我

是红尘如诗的年华

在你欢悦的笑语中

可别嫌我傻

因为有你

我永远不会长大

哦　你那如花的连衣裙

亮天下

三
人生感悟

人生在世，会遇见各式各样的人和事。通过接触这些人和事，会产生各式各样的感悟。那真是酸甜苦辣咸，五味俱全；怒忧思惊恐，悲喜交加。诗人的心，会因世事沉浮而悸动，会为失落而悲伤，也会为成功而欣喜。

流星

是人

是高尚的人

为走好人生的直线

义无反顾

为守住人生的底线

慷慨从容

为心上人

殉身

挫折

山阴沉

水似冰

我是背阴的小草呀

咬着刺骨的寒风

化一滴热泪暖暖身
唱一句小曲提提神
我是背阴的小草呀
退　不是我的性格
冲锋　才是我的生命

成功

无论八级风
九级浪
不惧的
是登攀

无论沼泽地
悬崖上
敢为的
是登攀

登攀
系着生命的辉煌

年轮（二首）

一

不错

是圆

充满着风雨雪霜

能量出皱纹的深浅

量不出岁月的饥寒

二

成长的路径

走过了春夏秋冬

树越粗

越显出纹理的不匀

诺言

啥也不欠
何必讨你心欢
难道仅仅就为了
逞强

诺言是对人格的考量
诺言是发愤的信念
诺言是盛开的花朵
醉饮着辛苦甩长鞭

能做到
才能向前
能做到
才有人样

手杖

不幸的年代
需要支撑
相依
进入爱的花季

航线

终点越是遥远
始发越牵心肠
枕着风浪
梦在弦上

跋涉者的胸怀
超越大洋
飞渡的壮志

挂在浪尖

如果想结婚
让汗水做你的新娘

梦中

遭遇了一场无端的劫持
恐慌淹没了方向

起风吧
把浓雾冲散
让北极星导航

起风吧
把黑云冲散
让太阳把征程照亮

起风吧
吹散私心杂念

让旅途轻松一番

让人生潇洒一番

让生命充实一点

前途

才能伸展

冲锋

顺着风的方向

作为

想要把彩虹建在天河当桥

就得拜喜鹊为师甘于献身

想要把牡丹送给织女当嫁妆

就得将己化为甘露护其终生

忠诚的你

默默前行

唯有荡起生命的浪花

才能走出美好的人生

关于排球

瞅准儿弹跳

铆足劲拦网

补着不足的身高

托起友谊

扣杀出骄傲和自豪

定音的铁拳

不如

发球权绝妙

命运

命运是一场球

进门

似惊涛骇浪

命运是一盘棋

走胜

才值得称赞

命运是人生的十字路口

选择

用智慧和理想

命运是人生的一道坡

冲刺

用勤劳和勇敢

昂首

向前

要让命运

张开腾飞的翅膀

按下图强的琴键

远行

是风筝

迷恋蓝天

展翅

大地是拉线

是小船

搏击大洋

起航

故乡是拉线

是游子

心向诗和远方

他乡再好

母亲是拉线

是战士

为祖国戍边

八千里路云和月

人民幸福是拉线

往事

回味如诗

充满高昂的情绪

回味如丝

连着斩不断的回忆

是缘

孕育了如霞的天地

是情

点燃了如灯的花季

梦里

你我再次相遇

奋进者说

太阳

从不炫耀自己的辉煌

月亮

总是在为星儿护航

为创造一片晴空

追求与发条结缘

奋进

是我质朴的理想

奋进

是我默默的向往

形容词

被诗缠绕的

某种境界

流芳

是一种超脱

爱和美

是一曲欢歌

纯情到热情

是一种飞跃

在美丽的少女面前

历史的形容词

现实的形容词

未来的形容词

都已逊色

时光

有人因珍惜我而价值连城

有人因挥霍我而不值一文

而我

崇尚公平

脚下是泥泞的路

远方是五彩的虹

何不剪下那块最亮的彩

给爱你的人做件连衣裙

童鬓染雪一瞬间

不要一蹉跎留下千古恨

冬泳

甩下山一样的沉重
脱去梦一样的柔情
去亲吻　去拥抱
大海的情深

用寒风暖水
来一个鲤鱼打挺
用飞雪暖水
来一个金龙降云

飘香的季节
晶莹的季节
是我们相爱的见证

飘香的季节
晶莹的季节

让我们爱的五彩缤纷

用一曲飞雪迎春到
让我们把春天吻醒

戏台

闪电辉映出革旧求新
惊雷幻化出刀光剑影

让历史去未来观观光
让未来去历史修修身

文明的讲坛
书写传承
庄严的舞台呼唤着
站满人民

好一场唱念做打
掌声雷动

小路

为方便大家
在山间
在树林
在公园
在河沿
有数不清的小径
与人们同呼吸
与人们共命运

小路
有几多曲折
山歌
便有几多动人
小路
有几多陡坡
人生
便有几多冲锋

聚会

满身的泥土绽放着喜悦

满腔的乡音说着童真

西红柿黄瓜胜过海味

土豆大葱便是山珍

黄土一样淳朴

泉水一样深情

你问我来我问你

过去现在未来侃一通

开怀不分你和我

一样的烈酒

一样的情浓

举杯同庆

山可作证

水可作证

斟满这杯酒
走好这一程

天可作证
地可作证
斟满这杯酒
把握好这一生

理发

长长了就得平茬
不然就会蓬乱如麻
死是为了重生
别怕

理解

鲜花问
谁是我的妈妈

根说
是枝叶
光合作用是她的彩笔

枝叶说
是根
是她为你输的血

鲜花点着头
泪如雨滴
用感恩的心写了一本小说
书名叫
《奉献是美丽的底色》

鼓掌

真正的鼓掌

是为情所动

是真心赴约

是爱的流露

是心灵的相通

是心灵深处盛开的花朵

捧着她

就仿佛捧着

洁白的哈达

冲动

思绪被怒凝固

无能把耳塞满

没办法的时候

用你买单

感动的泪滴

主人公前仆后继

观众席热泪盈眶

我只身剧中搏浪

激昂的思绪加重了小舟的重量

踏平荆棘丛生

扶起老弱病残

饮尽血雨腥风

喜迎朝霞满天
那圣洁的花朵
定是忠骨绣出的馨香
我摘一朵捧在胸前
总有种东西冲击着我的眼眶

历史的文明与进步
为何总在刀尖上实现

主人公前仆后继
观众席热泪盈眶
我只身剧中搏击
高涨的思绪加重了小舟的重量

走出崎岖泥泞
陶醉秀美河山
重举血色火把
照亮秀美家园
那灿烂的花朵
定是英雄裁出的靓妆
我摘一朵捧在胸前

总有种东西冲击着我的眼眶

人类的和平与发展
为何总在硝烟里实现

谁能雄踞天下力挽狂澜
谁能大爱无疆抚平创伤

眼眶终究没能经得住情感的冲击
两条小河涌如悬泉

我多想变成
变成一条鱼
顺流而下
去寻求心中的
恋人
和家园

做人

没学会转弯

才碰得鲜血淋淋

是清贫

教会我做人

烈士纪念碑如是说

是你　用最后的厮杀

是你　用最后的一滴血

和筋骨

点燃

这凝重的蜡烛

世界才一片晴空

与美丽

崇山峻岭
成了你的怀抱
江河湖泊
成了你的乳汁

花儿
才大朵大朵地开放
小草
才羞答答地嬉戏
世界才充满
暖洋洋的甜蜜

如果有来生
我还会
用爱去守护春天的花香气
用情去守护生命的芳草地

胆识

给盘古以勇气的
给女娲以灵感的
是你　我的老邻居
胆识
这对患难夫妻

结合于创造出爱字的远古世纪
结合于创造出情字的远古世纪
生出了许许多多的优秀儿女
留下了许许多多的感人故事

爱是他们的同心圆
情是他们的芳草地
文明　进步　发展
就是他们结出的果实

携手走过的风风雨雨中

也每每生出新意
甜醉了星辰日月
甜醉了江河大地

谁知有一天
胆想到了一个十分荒谬的问题

攻无不克的是我
战无不胜的是我
你“老”在后方
为何还要和我平分秋色

识笑而不语

胆又说
是我出生入死
是我英勇杀敌
你为何也敢享受
这胜利的欢愉

识摇头而叹息

后来　在一次战争中
胆只身而去

两军对峙
布阵莫测无比
胆这个勇的外壳
竟也没了主意

这才想起识

亲爱的识啊　我的爱人
你在哪里呀
你在哪里
我不能没有你呀
不能没有你

胆才想呼救
已落入敌军手里

识这个温柔的女子

为营救狂妄自大的丈夫
在汹涌的浪尖上
渡来渡去
忽然眼睛一亮
不用说
已有成竹在心里

是识巧破了敌人的阵营
胆才又能顶天立地

回望着那正硝烟弥漫的战场
胆浑身都不乐意

怎么了这是
就凭咱这雄胆
要说也不至于

识笑到

胆如果没有识撑腰
失败就不止这一次

你可知
这个道理被司马迁破译了
嫁接到《廉颇蔺相如列传》里

岁月

如幽灵闪动
似水土流失

就着一壶苦涩的老酒
蹚过了无数个春风秋月
像一片片散落的树叶
总也难把你穿成册

如果用你做轻舟
如果用你做动力

再远的彼岸
又有什么话可说

牡丹的忏悔

也曾努力矫正
也曾痛心疾首
被人捧的童年
虚荣丛生的婚恋

是风姿独秀
才忘却了人生
得拼搏一场
是容颜闪亮
才忘却了人生
得勇往直前

姿色易衰容易枯
岂能坐食青春饭

哦　我亲爱的人儿
用苦为我壮一程

用累把我洗一遍

爱

才能长出新枝叶

驻红颜

青山的诉说
——有感于青山有幸埋忠骨

不！

这不是我的本意。

我！

能长出忠骨。

圆

圆心　半径

赤诚　责任

用我的赤诚为圆心

以我的责任为半径

是太阳的魂

迷人

无题

山变矮

晴空万里迎宾来

海变高

顶风冒雨送客袍

仅仅就因为它叫无题吗

无语

汇聚
——为同学联谊会而作

泉　江　海

鱼不是诱惑

搏击大洋

做涛波

人生

你是耀眼的鲜花

春天因你而精彩

你是晶莹的大海

涛声因你而澎湃

欢歌　笑语

是最沁人的节拍

掌声　霞彩
是最醉人的词牌
躬身
是谦虚的流派
昂首
似红梅豪迈
眨眼
饱含着情深挚爱
扬眉
溢出万千的感慨

人生是场不断的求索
人生本是爬山脉
山上是遍体鳞伤的我们
人生难有十全十美的存在

美酒柔情
阻碍了多少奋进的节拍
青春苦涩
谱出了多少理还乱的情债

前路漫长　后路苦短

雪莲就该为冰天雪地盛开

论随份子

你随

我随

随着鞭炮长鸣

随着哀乐揪心

困难中

能收到你真情的鼓劲信

坎坷中

能看见你信任的眼神

不比随礼

强万分

民歌

奔放的激情震荡着五洲
缠绵的柔情抚摩着四海
哪个山梁上没人尽情地吼
哪条小路上没人欢愉地把舞载

你是百姓的心声
才成就了你有世上最大的舞台
你是百姓的心声
才成就了你有世上最广的人脉

你的作者最清贫
你的歌者最可爱

元宵灯会

似苍翠劲松

昂首挺胸

仰望着圆月

似芬芳雪莲

欢歌笑语

舞着白雪

大街

礼花闪烁

龙腾虎跃

小巷

鞭炮齐鸣

花红柳绿

生活

月一样皎洁

生活

雪一样白洁

生活

灯一样红火

生活的春风

吹到人间的每个角落

包一颗元宵

孕育着国泰民安

萌生出

甜蜜的事业

你看　头顶的那盏灯

正向嫦娥发出邀约

趁着月儿圆

何不来娘家度蜜月

笑（二首）

一

笑有种种
是人格的天平
真正的欢笑
是心儿开屏
我是一束玫瑰花
暖着心上人

二

笑
是感情的抒发
有目的的渗透
必然降价

田间新闻

乡民们休息
是一个圆
永不消逝的电波
在圆心荡漾
中央决议
人大议案
海湾战争
巴以和谈
新华社又电
农业专家访谈
千里碧波浪花香
万顷笑语情意绵

精华之声
要数身边
南头的张家盖新房

北头的李家娶新娘
脱贫致富新天地
改革开放变新颜
西头的小伙进大学
东头的姑娘把军参
长江后浪推前浪
家家户户奔小康

情浓似歌
字正腔圆
犹如晚会中的男主持神采奕奕
仿佛晚会中的女主持风度翩翩

寄语一九九七

百年艰辛
百年磨难
哦　黄河水
终于圆了百年的梦想

是“一国两制”
是国家的富强
哦　长城长
终于圆了百年的期盼

我想献上一首诗
定会是脍炙人口的篇章
化作丘比特的红飘带
系在香港的颈项

我愿种出一片花
定会是五彩斑斓
化作丘比特的花环
挂在香港的胸前

我愿酿就一壶酒
定会是香飘四方
化作沁人的歌咏
振奋香港同胞的心房

我愿织出一片霞

定会是光芒万丈

化作一条彩虹

为香港插上腾飞的翅膀

百年抗争

掌声响起如潮涨

游子回家

是团圆的乐章

起来　起来

《义勇军进行曲》雄浑苍健

敬礼　敬礼

鲜艳的五星红旗高高飘扬

过河

一

为了捡回遗失在彼岸的

眷恋

我

举起了小河

二

从不幻想

前面还有石头

只因

彼岸

是我的追求

风高浪急何所惧

愿驱长风驾激流

长平怀古
——夜过长平怀想

是刀刃凌寒

把大山削得矮了三丈

是剑锋颤心

把大地砍得沟沟坎坎

战争
是残酷的政治
总把百姓残
战争
是掠夺的手段
总把百姓伤

得你者得天下
你屡被摆上砧板
得你者得天下
你屡被撕得衣破鞋烂

你是中原之脊
有你可称霸中原
你是长城之怀
有你可安享平安
是你护卫着黄河
中华才得以生息休养
而遍体鳞伤的你

依旧英姿飒爽

夕阳下
西风访
细听长平
那远古的将士还在哀叹

哦！精卫（二首）
——读史，精卫填海处在作家家乡

一

复仇是支离弦的箭
填海
势不可当
风风雨雨
小姑娘不知疲倦

南海观音
点头称赞

巧施法术

漳河才不再为患

谁知小姑娘

脾气倔强

坐收渔人之利

不干

二

别填了　小姑娘

东海的广阔要超乎你的想象

三千里莲花接云天

八万顷云裳卷巨浪

不妨　你换个方向

做回老板娘

给他生一大堆小东海

奴役他一万年

古戏台

泪水填平了历史的沧桑
欢乐托起了当代的辉煌
对忠
是丰碑正传
对奸
是钢针铁鞭
霓彩闪闪
映衬出白骨和夕阳
情景交融
编织出柔情和刚强

历史学家说
真实和你是鸳鸯
文学评论家说
进步与你结缘
诗人说

感人是你飒爽的英姿
老百姓说
未来是你把时空拓展

游天坛公园随想

别吵了　我要歌唱
歌唱那正直的人生多艰险
别吵了　我要歌唱
歌唱那崎岖的山路尽是弯

如织的人潮擦背磨肩
许愿的声浪彼伏此涨
是谁说
这里是实现理想的天堂
是谁说
这里能把追求梦圆

如果你的心中装满百姓
你的世界又圆又满

如果你的心中装着奉献
你就是世界的天堂

我好奇　如果天心石和回音壁联姻
会发出怎样的回响
我犹豫　生怕它叠印出
友情的虚伪　廉价的理想

人如潮涨
音如涛狂
幸亏我耳背
没听见

游文天祥祠有感（二首）

北京的文天祥祠后院有棵枣树，相传为文天祥手植，枝干向南自然倾斜与地面约四十五度角，人们臆想它象征着文天祥“臣心一片磁针石，不指南方不肯休”的精神。

——题记

一　文天祥如是说

——游文天祥祠时发现，整个上午就我一人，难道文天祥就不嫌孤独吗？

南归
北上
雁声把运河塞满

过了伶仃洋
还是伶仃洋
我的掌上明珠呀
别我何往

二　枣树

经　枝叶
星　花柱
正气浩然任风残
又是春风一度

几番风雨霜晨月
时间不忍停住
累累硕果
你可曾下过肚

诗人哪
何不植株翠竹
让丹心
永驻

四
物我交融

写咏物诗，历来都是诗人的一大喜好。而现在的我们，要想把前人吟咏过的“物”再写一遍，还要写得有神采、有新意，谈何容易。于是我就想，何不俯下身子，走进这个物品，和它做一次角色互换，去感悟它的思想脉动，去体会它的情感寄托，真正做到“物中有我、我中有物”。不怕你们笑话，我还真这么做了。在和它做了一次次倾心交流之后，写出了这组咏物诗。

手电筒

当着别人的面
浪漫
你真的不知道自己的身后
黑暗

倒挂金钟

发誓要找到自己的根
发誓要赎回自己的影
才垂下高贵的头
把土地亲吻

美是诚心的微笑
美是谦逊的背影

木梯

是高登的梦想
把你成就
以墙为媒
助人把星儿够
一步一步
是论证的步骤
无论升降
痛都入肉

冲着理想与信念
情愿身轻体瘦
历尽千辛与万苦
谁会把我问候

我是给予的芳草地
不与索取同谋

唢呐

正是那

三分容姿

七分灵气

才使你名扬乡里

低头

是哀思满地

昂首

是欢天喜地

不为金钱

不为名利

真正的乐手

在百姓的心里

小草

任凭乱石凌辱
任凭恶风相侵
无论树下与夹缝
都是我求生的时空

山峰上飘来一朵云
我用它做成彩虹
小河边吹来一阵风
我用它笑破冰封

我是春天的使者
吟唱着水碧天青

小鸭

恋情

是小波

竞渡

是征服

笨有笨的方法

何求巧夺

埋头

是收获

燕子（三首）

一

时间是我们的

空间是我们的

搏击　我是风浪

展翅　我是蓝天

在潮头　我是云

在浪尖　我是魂

时间是灵性的花香气

空间是缤纷的芳草地

二

画一个圆给你

好戴在指间

是我对你的思念

衔一朵花给你

好缀在胸前

是我把你祝愿

想我的时候

离开电线

三

生命的航标远在天际
赴约需要飞行的舵手
为了越过天河
腾起

渴了　叼口水
饿了　擒点肉
采一朵星辰给后代
是我最大的乐趣

宽广与毅力
同桌

笛子

七六一二三四五
生怕吹破肚
口中呼出多高的调

指间便流出多美的谱

跳吧

伴着求生的舞

唱吧

伴着七六一二三四五

搓板

为征服受辱的历史

为洗去岁月的脏污

宁愿磨去最后一层皮

再磨筋骨

梨花

一场忽如一夜的春风
成就了你高傲的人生
香气是体魄
洁白是灵魂

桃花

是谁传我绯闻
是谁嫁色于人
我只想用我的爱
去甜爱我的人

我何错之有

跟前是水复山重

脚后是苦雨凄风

愿借一场李白的长风好破浪

愿借一蓑苏轼的烟雨化为春

清茶

让内心发酵

让内心酿造

洋溢出那

香醇和欢笑

泉水

来

不图名

去

不图名

滋养生灵

是我纯真的品行

茫茫路

任驰骋

花盆

映衬着婚床美丽的是你

装点着客厅阔气的是你

心生红紫斗芳菲

爱你

莲花

如彩云铺天盖地

似锦缎光彩照人

成就你美丽光环的

是节

西瓜

山亦青青

水亦青青

匍匐

是让母亲托托我有多重

青蛙

诗人啊

时下正是葱茏的季节

何不与那满池的红莲对对歌

诗人啊

要嫁就嫁个漫画家

沐浴在陈跛子[①]那开满莲花的小河

---

① 陈跛子是指一个河北人。在20世纪80年代，以陈跛子为首的乡民在家乡成立了一个漫画创作组，叫“青蛙漫画组”，专以农村、农业、农民为题材创作漫画。

诗人啊

想时髦就下海吧

去寻找你那蝌蚪时的梦

和摇篮曲

为妈妈祝福

烛光

为追上时光的脚步

硬是把星辰请到家中

驱逐黑暗

立即执行

用信念描春

用理想写生

张贴在眼眸中的那圈光晕

是曙色的前锋

腾跃吧

你身体中的那朵黑蘑菇

是你笑出的淡淡墨梅魂

欢愉吧

你脸颊挂着的颗颗珍珠

是你兴奋无比的泪痕

啊　烛光

你为春花增了色

你为秋华结了实

对于时空

一秒

一米

你都动情

对于时空

世纪

光年

你都从容

鼓

天风是恩赐

如痴如狂的梦想

盛宴是报答

暖春和秋黄

涨潮的喜悦

把大海掀翻

浪花溅湿读者

无法烘干

瞎子说

演奏的是优美的歌声

聋子说

砸出的是闪亮的金星

火把

是你点亮了

山路弯弯

路的崎岖

使你风光

雪

纯真是修身的最高境界

含蓄是修身的最妙手法

就如一出舞台剧

女主角总有挥不尽的轻纱

为多情的人儿

散花

银河

痴情的牛女

喜鹊已被猎尽

何不踮起双脚

伸出双手

倾身相抱

把天河烘干

小毛驴

没人为你加封

没人为你请功

羊肠小道

是你的爱情

与授衔无缘

与铜鞍无缘
只有辆破车
在心

小脚　大耳
一任道路不平
一任意见不同
虚心接受劳苦
甘愿默默无闻

山路的崎岖
是泪痕
蹄掌
已把荆棘磨平

野鸡

家
已破碎

心

正绞痛

有腿

没有平坦的路径

有翅

没有蔚蓝的天空

路漫漫兮

顶着风

杏花

我虽不及梅红

我虽不如松青

我虽没有竹翠

我亦没有牡丹的雍容

可我依然可以冲破寒冬的长夜

可我依然可以托起春风的黎明

燕子挑来一壶酒
送我与桃李两位姐姐一起饮

浪漫的季节迷人眼
妩媚的身姿勾人魂
燕戏垂杨春正好
牧童沽酒敬诗人

薄荷赋

既然我貌不出众
又何必自封英明
甘愿化为一股清凉
去营救那正在发着烧的心上人

哦　我亲爱的人儿
别嫌我平庸

迎客松

立正
为心上的人儿
穿上了漫天的风尘
依偎在大地的怀中
和着春风的节拍
笑等嘉宾

孤独　寂寞
把心冰封
风吹　雨打
把夜熬明

其实我还有一个更大的梦
我们一起去避避风

缆车

你是我心中的一抹微笑

我是你心中的绚丽晴空

相握在途中

共战那山路的崎岖

跋涉的苦痛

谷子（三首）

一

似翠竹虚心尽节

似垂柳躬身尽职

我不高标什么桂冠

只求为他人谋福

步枪说
不居功自傲
乃老战友的品德
和本色

在生命的长河中
弯腰
奉献了一仓美德
捡回了一生坎坷

二

生存　敢与风雨搏击
追求　是为他人付出

历史的文明
世纪的繁荣
有颗颗珍珠闪烁

历史的沧桑
世纪的辉煌
是你掌舵

三

谢幕

是对母亲的虔诚

用你人格的崇高

谱写着你品质的谦逊

鞠躬

为情

为爱

向生命感恩

玉米

似姑娘苗条束腰

似少妇正把孩子紧抱

孩子说

我是个子孙满堂的老爷爷

有千百个故事

编织成一个大合苞

高粱（二首）

一

你为谁而企盼
你为谁而歌唱

为苍生
为耕者

我是那人间的红米饭
要把饥饿埋葬
我是那人间的艳火把
要把人生的旅途照亮

二

是云锦
是彩蝶

晚霞红似火

生命因你而增色

是酒香

百姓因你而暖和

向日葵

福报　前世修

功德　平生攒

迎朝霞

送夕阳

我是你纯情的歌者

我是你童真的笑脸

我是你两情相悦的芬芳

我是你一往情深的眷恋

请受我一拜吧

太阳

我愿用我最美的曙色
和你做伴

南瓜

用你绿色的臂膀
护卫着美丽的家园
用你金色的唢呐
吹奏出生命的圆满

哦　我的恋人
别忘了大地才是你的婚床

花生

想看你
你总避着不见
想忘你

却又总是嘴馋

你这样隐藏自己

是害怕

闲人的纠缠

还是害怕

顽童的贪婪

西红柿（二首）

一

难道是

美丽需要支撑

不然就

头重脚轻

不　亲爱的

那是人们在把我奉承

我断不是爱的使者

美的化身

二

摘掉头上的彩伞

露出开心的笑脸

太阳说

美丽

月亮说

漂亮

哪里呀

我总是在沾你们的光

麦田

不错　是洋

不育蛟龙育人烟

不错　是海

不求鱼虾求民安

大地迎亲的时候

香气后浪推前浪

洁白的心灵

傲雪霜

大豆

我既不美丽

又不聪明

对众人的爱

无地自容

太阳呀

别再为难我

不然

将引爆自身

梨

邀来雀鸟

摇动枝干

我心情坦荡

我也爱美呀

梨说

我满脸的雀斑

是为爱作了太多的贡献

苹果

邀来雀鸟

摇动技干

我感慨万千

苹果说

我娇美的容颜

是情侣心灵的闪光

美是不懈的追求

我亦然

桃

是胜利的果实

才渴望获得

是心中的太阳

才充满血色

不　都不是

是昔日霜雪的锤炼

是昔日爱人的陪伴

该为三月桃花雪感叹的是谁

是风中的

我

泪水

在为我祝福

橘子

我曾见过
一个小姑娘
和一位女诗人
是一盏小橘灯
使她们如母女情深

今天
我尽情地开放
为更多的小姑娘
和女诗人
串织千千万万盏小橘灯
照亮人间每个角落
照亮人生每段征程

李子

总是跟在桃子的后面

仿佛总是在沾桃子的光

尊师呀

难道我就不能独当一面

水稻

阳光下沐浴

溪流中梳妆

我要鼓起勇气

告诉大家

我并非歌中唱的那样香

为心中的人儿祝福

是我的眷恋

月季

只因有那美好的理想

只因为那追求的不倦

洗去名和利的困扰

才是我纯朴的容颜

芬芳

是我生命的魂

馨香

是我生命的弦

努力

只为我那向往

大白菜

鲁迅先生说
物以稀为贵
在浙江
我曾系着红头绳
看《白毛女》
激动不已
怜惜在心
总想把红头绳献与喜儿
又不知她的邮码和通信地址
能否请教一下
贺敬之老师

羊群

天上的神仙抖掉了婚纱
大地便处处茉莉盛开
龙宫的仙女系上了哈达
大地便处处百合登台

超越最远古的马拉松
征战最优雅的足球赛
看
发令枪不负众望
醉酒的白云纷纷落下来

那悠远的牧笛声
动人心怀
苏武席地而坐
抿一口小酒
就一口苦菜

天幕是思乡的彩笺
归雁是壮行的小楷
画群羊儿对母叫
招来了草原英雄小姐妹
甩起了长头发
穿梭在牧场外

打鸣的公鸡

是你暖干了天河
东方才溢出曙光
催我乘风破浪
导我驶向辉煌

枣

玲珑中透着圆润
嬉笑中眨着眼睛

眼馋蜂儿自由地飞舞
羡慕兔子欢愉地跳跃

立身荒原峭壁
踏着酷热寒风
不要嫌我难亲近
因为只有我知道
我甘甜的背后
是刺痛

芦苇丛

鸟语悦耳
鸣叫出幸福的乐章
蛙声动听
吹奏出丰收的狂欢
芦苇荡啊芦苇荡
吟一曲《春江花月夜》抒情怀
唱一曲《远方的客人请你留下来》赠鸿雁

香菜

孕育不出阵阵涛声

挑不起美丽的红灯笼

虽有浓香的气质

耐寒的品行

但是

想顶天立地

却力不从心

白杨树

我家住在黄土高坡

我爱唱西北风风情的歌

并不想独霸中原

只想沐浴在礼赞的河

放花的季节
和着洁白的飞雪
饿了
强挺着
困了
强挺着

青松

不为巧取春风
不为炫耀葱茏
高山上　悬崖边
唯汝铁骨铮铮

是勇士大义凛然
是仙女脉脉含情
心怀百姓三餐饱
愿为苍生挡寒风

菊花

不求巧夺天工
不求沐浴春风
面对多情的王子
我选择晚婚

无论海角天涯
无论城市乡村
都有你孤傲的芳姿
都有你默默的笑容

风雨
对生命之程
既是接风
又是洗尘
只有那不惧寒的蜜蜂
才会把你吻

被吻过的花朵

起歌声

柳

温柔

不只是缥缈的和风

秋霜

冬雪

都在你的怀中

只有苦涩的新芽

萌出冰封

翠柏

含情的少女

美丽而纯真

庄重的少男

翩翩而动情

为爱

用嫩细的腰杆

托起不朽的山峰

草帽

我是阳光下的云

我是雨天里的棚

我只有一个心愿

为我心爱的人

有人说我自私

有人说我昏庸

编者呀

你可曾为我鸣过不平

牛

总是躬着身
从未争过名
苦痛再深
也不吭声

不愿抬起的是头
不愿放下的是耕
有过多少无悔的故事
便有多少动情的歌声

生命的延续
是助人

樱桃

一曲动听的小曲
甜醉万千的乡民
开口
是歌
是品
难栽
依然成林
能忍多痛的辱
便能负多沉的重
对于求生
奉献是一种超越
既能妙笔生花
又能画龙点睛

小白兔

总挂念着童年的梦
总倾注着故乡的情
才急得眼睛红
才放不下自己的途程

耳朵挺
前腿短
后腿长
常听见有人这样议论

正是这耳朵挺
才能把善意的批评听进
正是这前腿短后腿长
才更适合把大山攀登
不然
我怎上的月宫

我和嫦娥对过诗

我和航天员玩过飞花令

花猫

自从录用黑猫警长

小花猫很是不平

唠叨着巡逻

迷糊着站岗

碰见耗子

文质彬彬

令鼠辈

受宠若惊

葫芦

想救死扶伤

望告慰生灵

总是低调做人

为储水蓄能
为治病救人

总也直不起身

锄头

战士有它
能把敌歼
工人有它
能兴国安邦
诗人有它
能谱写出辉煌的诗篇

而它
念念不忘的仍是
面朝黄土背朝天

调着汗水拌花香

抡起

映着银光

托着理想

落地

汗水溅湿

刨出的兴奋

和希望

镰刀

为生存

只用老裁缝的一半

对恋人

新月是耳环

伸臂

画出半个圆

没画的那半个是残月

仍挂在天边

秋千

两情相悦

孕育出佳话一段

情思延伸

织成飘带系缘

哦　我愿为爱人放荡

犁

为消除历史的沉积

为切除岁月的病患

为喷发新的激情而

开刀

辣椒

用满腔的热忱

用全心的感情

去书写

辣妹子的与众不同

辛辣是我与生俱来的秉性

热情和我是孪生

石灰颂

回归本真

是游子永远的不了情

为爱而脱胎换骨

水火之交见真情

是于谦
识你尚洁
助你成名

扇子

分明是夏天
却要呼唤冬天
冬天来了
你又向何方

冬天我是编导
夏天我是演员

野菜

越是生活美满
越厌恶忆苦思甜

我已完成了饱腹他人的使命

也该坐享清闲

或许是心血来潮

你会再爱我一番

只要用心去品

我依旧幽香

纸船

流径是海

风儿是桨

前进是不懈的追求

我要扬帆远航

趁这雨过天晴

趁这小巷水满

一曲《纤夫的爱》

字正腔圆

老酒

飘的气质

流的线条

千百年来似火烧

对爱当歌

虚幻出花红柳绿

复印出虚荣本色

英雄气短

别嫌我太冷漠

儿女情长

别嫌我太热烈

墙画

立身墙壁

笑在心间

我是你

白日的战友

夜晚的侣伴

大千世界

都是它的爱

形象

烙印着时代

小萌宠

大热爱

糖葫芦

团结才有力量

团结才能开创一番伟业

为焕发青春的光彩

联合

煤油灯

不求光彩夺目

不求灯红酒绿

只求

我是缝者的线

只求

我是读者的眼

只求

我是夜行的灯

只求

我是寒夜中的圣火

榆钱

如今已不再是钱

从此便显得凄凉

如今已不再作粮

从此便再不能进入厅堂

尽管你

依旧是春光满面

一串串

一串串

生怕妻离子散

全家紧抱成团

一串串

一串串

串起的是记忆

却永远回不到从前

那根串条

是你的衷肠

良种

为家族的延续和生存

只得与土联姻

既然命运早已注定

献身便是新的生命

盼就盼

种下的是理想

得到的是希望

不管脱胎有多苦

不管换骨有多痛

辘轳

总是把别人提拔

总是被风吹雨打

饿极了舔点烂油

真傻

香炉

出生时

已三足鼎立

成功

由上天选择

愿用心诚点燃

人们的善良

和虔诚

弯月

是船

可驶向远方

到爱的港湾

是弓

可以射箭

用丘比特那执着的眷恋

是眉

可以传情

相约在桃花盛开的地方

不信

看那眨眼的北斗

在为它护航

树挂

是勇士穿上了铠甲
是仙女荡起了轻纱
如能酿出交杯酒
岂不更佳

我只想长出绿叶
和鲜花
和春天
谈婚论嫁

喜鹊

展翅
留恋的不是蓝天
展翅

流芳的不是飞翔

展翅

为激动人心的事业

牵线

成全了千千万万个好姻缘

而你

却依旧露宿风餐

白鸽

高唱和平从不厌倦

歌颂安宁从不言弃

飞翔

为那永恒的主题

唱掉了牙根

磨破了嘴皮

和平

仍在枪炮里

啄木鸟

不为追逐名利

不为炫耀自己

只为绿色葱茏

除疾

马蜂

尽力克制自己

为得那文明市民的奖励

来犯者请注意

捅我时先说

对不起

浮萍

一失足

落在水中

从此

与亲人两分

何时了结千古恨

去孝顺娘亲

问大山

问白云

大山默默无语

白云无动于衷

竹子

是你养育了国宝

是你圆满了忠贞

不怕苦

是你的品行

不怕烤

是你的坚韧

山青青水清清

人生青青

尤受我尊敬的

还数郑板桥先生

珍珠

花丛锦簇中

欢歌笑语中

只见贪婪

只受奉承

令多愁善感的我

无地自容

梦里

永远属于年迈多病的母亲

压岁钱

我带故

你沾亲

花朵

需要关心

充实的人生
是品行
多与少
不是市场阴晴

涨潮
压坏了人生的天平
成长的征途
风雨兼程

街灯

长河万里
喜迎金龙省亲
闪亮的波涛
鸣响着万种风情
眨眼
摄进轻柔春风
高歌
换来了欢笑醉人

我是一个象征派词人呀

吉星高照

是我豪放的诗情

仰望星河

哦　最红那颗

是我心中的星

仰望星河

哦　最亮那段

满载着我的情

落叶

漂泊

满溢泪痕

归根

原始天性

化作春泥更护花

是我永远的追寻

山高路远

顺着风

胸花

是春水流云

是蝶贺雁声

为锦上添花

为增添自信

笑脸映出了万紫千红

啤酒沫幻化出五彩缤纷

唯有你

把祝福送在恋人心中

依旧是那西装笔挺

依旧是那领带飘红

依旧是那旗袍闪亮

依旧是那婚纱迷人

而你

却默默无闻

摄像师的特写镜头

总对着别人

对你

多不公平

你却说

天长地久是我对美的祝愿

默默无闻是我一贯的为人

当你们入洞房的时候

我怕

难为情

日历（五首）

一

喜悦挂满枝头
豪情写就丰收
晶莹亮丽的背后
是白头

二

是不退款的有价证券
是易过时的有价证券
买它
是别人手中的皮鞭
惜时者
刀山敢上
惜时者
火海敢闯

冲锋的号角
是价值连城的乐章

三

是闸不住的溪流
是挽不回的利箭
真正的主人
都急得够呛

四

不错
是镜
如果能来次回放
泪水定会打湿毛巾
朋友
梳妆的时候
千万别走神
好好看一下
青丝被霜染
有多凶狠

振作吧

快点加入新的长征

哪怕中途倒下

也气贯长虹

五

时光像树叶

总被风吹落

我们是渔民

总也打捞不起昔日的遗失

撕下的碎片

都化作了雪

飞上了我们的鬓角

染出了一生的苦涩

芹菜

没有芫荽的香气

没有番茄的招摇

只有这翠绿

值得骄傲

手拉手是欢乐的情趣

肩并肩是一奶同胞

里三层　外三层

把篱笆扎牢

二月兰赋

不算高雅

不算富丽

甚至

不上经传

不值万钱
不值连城
只值
衬一下春光

春因有我而美丽
我因春来而芬芳

耙子（二首）

一

有一种农具
要发挥它的正常功能
只能倒退

有位圣人
嫌它碍事

便丢在路边

猪八戒贪婪
便扛在肩上
从此便不思进取
从此便懒懒散散

记住　金禅子先生
别总是嫌弃八戒
别总是恨铁不成钢
谁让八戒他
有耙在肩

不信
你扛扛试试

二

唐僧取经成功
得道成仙
八戒跟着沾光

便把武器丢到一边

耕者好奇

扛在肩上想着登天

久而久之

烙在肩上

路标（三首）

一

历经风吹雨打

依旧似水柔情

用你童真的梦幻

迎送赶潮的情人

才玉立亭亭

才美丽动人

你用大海的胸怀

引导着四海宾朋

就因为热爱

才长成风景

把蜜蜂

引向花红

二

也许是路途的崎岖

也许是跋涉的辛劳

在三岔路口　在十字街头

微笑着一块块路标

路标　便成了路途的参照

路标　便成了征者的依靠

夜晚　星儿是路标

嫦娥乘坐的小舟

总在桂花树下停靠

白天　花儿是路标

大雁往返的季节

总认得那条熟悉的古道

江河汹涌拍岸

护堤人是路标

使任性的洪峰

归槽

春风怀情而约

桃花是路标

红尘的船闸只为

长桃

让世间多一些正途的路标

让人生少一些烦恼

让世间多一些正途的路标

让人生少一些弯道

让世间多一些正途的路标

让人生少一些伤劳

让世间多一些正途的路标

让人生少一些歪门邪道

当生命注定要驰向远方
当人生选定了既定的目标
前进　便是你追求的路标
徒步也能溅起芬芳的浪涛

路标
你是人生最亮丽的坐标
路标
你是情爱最美好的符号

是路标
滋润了征者的信念
是路标
净化了征者的情操
使爱
向真延伸
使爱
向善延伸
使爱

向美延伸

向着一条宽广的

康庄大道

哦　我亲爱的人儿

我愿化作你纯美的路标

陪伴你

走向智慧

走向崇高

三

能把跋涉者的创伤

抚平

是我的哲学思想

仪仗

愧不敢当

枯木

我还能长出新绿
请还我血

牡丹的简历

用阳光浓妆了个
光彩照人
用月色淡抹了个
妖娆柔情
嫁给蜜蜂
是我这一生
最好的缘分

用幸福抚慰忧伤
用温暖抚慰严寒

爱

才

地久天长

二月兰

就饮几口人家抿过的雨露

就吃几口人家嚼过的阳光

二月兰呀二月兰

却依然五彩缤纷

却依然绚丽芬芳

化雪　是对爱生情

破冰　是以柔克刚

二月兰呀二月兰

倔强是你的品格

阳光是你的衷肠

你是耕者的霓彩

你是诗人的花环

二月兰呀二月兰
怀抱着冰封叶正绿
头枕着严寒花正繁

小小的我就要争奇斗艳
弱弱的我就要立地顶天

五
人物写真

用诗去吟咏人物，就是给所咏之人照个相。问题是，怎样才能把所咏之人照得灵动又有趣，调皮又可爱，这就需要作者融入这个人物，和他的思想产生一次碰撞，和他的情感产生一次共鸣，从而挖掘出“如果我是他我会怎样”的内心感慨和本真诉求，高清地展现给读者。如果照得不像，可能是相机的像素不足，或与所咏之人无关。

农民工（二首）

一

揣一轮故乡的明月
挂在客居的小屋
月儿便把我的情
荡在梦中

梦中　一家老小
尽享天伦

挑一担远方的星辰
回到久别的家中
把星辰连同月儿
挂在院亭

院亭　一家老小
哭成泪人

二

最能饱腹的是苦

消化最快的是甜

最暖身的是粗缯大布

最不保暖的是绫罗绸缎

用自己的苦

换一家人的甜

用自己的土

换一家人的靓

七尺男儿英雄汉

我不奉献谁奉献

写对联的老人

黝黑的脸

被映得通红

骨瘦如柴的手

写出了年丰

从小写到大

不知写了多少个灯火通明

那老花镜的镜片上

贴着喜悦的神情

祝愿

长满门庭

诗人（四首）

一

结满了风吹雨打

压弯了稚嫩的枝丫

治愈失恋的最好方式

喊声——啊

二

生活是路

要走出多姿多彩的人生

哦　是你

用心灵深处的光和热

点燃了山洞的油灯

把弯弯的山路照得通明

潦倒

是你正直的伤痕

挺立

是你正直的烙印

三

立马黄土坡

饮马黄河水

驰骋

雷打不动

看多了《红楼梦》

才泪血染容

看过了《水浒传》

才嫁给冲动

满脑子幽思

满胸腹激动

满脸的无畏

系于一身

宜将童心寄笔端

才动容动情

甘将真情托盘出

春风才肯嫁郎君

真理无须美文

正义无须通融

诗人心中的圣火

永远暖着百姓

太阳下　山水间

处处流行着中原风

银河间　广寒宫

依然唱响着华夏魂

山青青

水清清

歌如海阔

诗如潮涌

四

有人说你聪明

就成了诗人

有人说你幸运

就成了诗人

我说是你清高

才成为诗人

我说是你忧民

才成为诗人

一行诗

十年情

一行诗

潦倒着深深的足痕

农民歌手

霓虹炫动着吼的节拍

观众席才是艺人最大的舞台

沉积心底已久的不是梦想

是爱

关于屈原（三首）

一

为国　为民　为义

您那高大的躯体

为国　为民　为义

您那忧伤的情思

为国　为民　为义

您那坚贞的毅力

何为您那《九歌》的旋律
《离骚》又该如何白译

大江东去推动着历史
发展和民主开创了新的世纪
为了江山和百姓你义无反顾
包着粽子后人都在替你惋惜

生
是百姓在你心中兮
死
是你在百姓心中兮

二

岁岁纪念
就是不见真人面
粽子如山
那是百姓在呼唤
时代的骄子
忠勇的情郎

三

为此而愁

不如把不理解推下案头

仰天做次深深的呼吸

重奏那忠爱和追求

为此而吼

不如把不信任挤出心头

面向大地鞠一大躬

重谱那壮志和丰收

花繁的季节

把人酬

高歌的节拍

最风流

拉车的人

不是马不是牛
也得架起大车向前走
心里吃了多少苦
便知途程有多少坡沟

汗水辣眼睛
汗水染白头

游泳的人

为卸下烦心
为洗去沉重
把自己摁在水中
清醒清醒

为陶冶性情

为洁净心灵

把自己投入水中

潜心修行

彼岸

站立着全新的人

植树老人

当年的秀发

已变成满山的葱茏

当年的凤眼

已映出果实的晶莹

额头的日历

书写出岁月的足痕

当大地娶亲的时候

你却说

千万别告诉我
我已随不起那一份

当大地举行晚会的时候
你却说
千万别通知我
我已直不起身

当大地捧起美酒的时候
你却说
千万别敬我
好留着鼓励你的子孙

当天边袭来一场恶风
是你和你的防护林
挺起坚韧的屏风
战恶浪
压黄尘
筑起了绿色的长城

赤脚的媳妇

城市的疯子

乡村的风流

反差

总也理不出尾和头

黄土一样朴实

小草一样坚韧

面朝黄土背朝天

如正午的谷子

数星星

先生小时

钟爱小提琴

是小提琴伴他

走过无数个春夏秋冬

先生乘凉

仰望天空

和着《二泉映月》

数星星

南极星

北极星

最亮的是金星

几十年纹丝不动

月亮依旧是缺缺圆圆

银河依旧是波涛汹涌

水星

土星

牵牛星

啊　不好

织女星跟谁私奔

流星擦亮银河岸

先生吃了一惊

河边的小女孩

采一朵莲花别在发中

世界便是一片晴空

小溪中映出

愉悦的童心

采一朵莲花戴在胸前

便是我梦中的新婚

心里的那个他

把我抱进洞房中

如果我是蜗牛

如果我是蜗牛

我才不会那样傻

为觅一顿晚餐

倾家走天涯

如果我是蜗牛
定会浪漫潇洒
闲时听听音乐
庭堂满植鲜花

如果我是蜗牛
要让爱常驻芳华
窗前是美丽的爱人
何不好好爱爱她

如果我是蜗牛
温馨自会遍天下
溪溪有动听的歌
山山有和美的家

吴承恩其人

飞檐走壁只为涨粉
七十二变招人点赞
我的笔端有一朵花
孕出根黄瓜总被西红柿贬

其实我很俗
俗到吃饭时都赖炕
其实我很傻
傻到被骗了还心存感念

《西游记》不是推崇西天有多文明
孙悟空也不是我能请来的神仙
《西游记》不只是一本书
它是让人认清现实的教案

你别反驳说世上根本没有白骨精
你看看身边有多少人被骗

你别反驳说世上根本没有无底洞
你看看身边有多少人的欲望难填

记住吧　善良的人儿
《西游记》中唐僧吃了多少苦
就证明人世间有多少难
记住吧　善良的人儿
《西游记》中唐僧遭了多少罪
就证明人世间有多少险
我们都是苦行僧
不信你问问李白行路有多难

多看一遍《西游记》
你会多一分战胜困难的信念
多看一遍《西游记》
你会多一只识人心的金睛火眼

老吴我从来不自夸
要不也不会混成这般潦倒的模样

自画像

奋楫搏浪植莲藕
苦泪拍打身瘦
暗烛摇风寒彻骨
鞭影由来久
除非孙悟空
何须紧箍咒

登临绝顶倚桃红
愿与风雨同舟
种得百花硕果香
喜把心血酬
苦志　劳骨　饿体三步曲
哪个不胜紧箍咒

农民

用苦涩的汗

把别人营养

而我

更缺养

老师

同学们　请看我——

黑板

儿童

妈妈看我很小很小
便抱在怀中

爸爸看我很大很大
便牵出家门

其实我是一个感叹号
永不躺平

育花人

红梅牡丹月季
是阳光的世纪
鸟语欢畅
人流拥挤

我是荡着秋千的垂柳
涌动着晶莹的汗滴
使蜜蜂
失意

淘气的小男孩

丢一块石子到池中
便溅到岸上一片笑声
池中的涟漪
一圈圈占着南北西东

水越深
涟漪越大
水越深
笑越优美动听

司机

道频

无法左右我的视线

我只

锁定属于我的前方

六
美好四季

四季轮回，春生夏长秋成冬孕，各季有各季的表达方式，各季有各季的芬芳色彩。诗人愿同读者一起，用毕生的精力，用最大的努力，去丈量这春的妩媚、夏的奔放、秋的喜庆、冬的内敛。就让我们捧一束春花灿烂，走进绿意葱茏的夏的领地，去孕育出一个硕果累累、红叶满山的金秋世界，去养精蓄锐，去滋养生灵，去踏破严寒，去迎接又一个崭新的春天。

春之颂

刺骨的寒风

锥心

时空的内分泌紊乱

冷暖失去平衡

纵然有棉衣在身

也无奈眉下的乌云

但此际

一发千钧

是小草挺身而出

用求生的勇气

使

悬冰粉骨碎身

春的占领

常胜的兵家挥师雄关
已兵临城下
象征派画家写生山河
要锦上添花
爱美的诗人怡情春风桃李
怒放着心花

多彩的江山
柳絮飘舞
桃李芳华
这是春姑娘又一次使用
含蓄的手法
有空
进来说说心里话

春天

你从冰天走来
带着温暖百花的梦
你从雪地走来
带着催生百花的情

柳舞轻风白云舒
蜂摇桃李杏开屏

你不会写诗
却孕育了无数诗人
你不曾受宠
却造就了无数英雄
在百花盛开的歌海里
你才超群

春风（二首）

一

打开束身的桎梏
冲破寒冷的监牢
我是优秀的裁剪师
看剪刀

剪一轮大大的红日高照
剪一条晶莹的小河开道
剪一群蜜蜂飞舞
花枝梢

二

日出青山河落雁
笑看红花吟唱
拂面和风心已暖
倾听嫩叶鼓掌

春天来了

春天来了
洗去了冬日的冰封

春天是缤纷的路
春天是五彩的虹
把你
把我
引向花红

春天来了
花开的声音最动人

春雨

如果能像夏日的暴雨猛烈
岂不更好
如果能像冬日的雪花曼舞
岂不更妙

或许
这是一种象征
豪放或者婉约
或许
这是一种写实
直率或者含蓄
唯此才是你
如幽思缠绵
似感赋连连

织师
心中自有美好的绿浪如毯

画师

胸中已酿就出百花齐放

春潮

无声的变革

砍击着冰冻的礁石

火花

是冬天的遗腹

雁阵长长

是爱的使者

那件绿色的连衣裙

可爱亲切

欢心的笑

是绽放在枝头上的花朵

生命的辞典里

感恩温暖的岁月

春雪

有情人自远方来
带着离别的苦
带着相思的泪
如深夜的星波
勾魂

有情人自远方来
带着甜蜜的笑
赶情的集
赶爱的集
相拥

和着春风的舞步
和着梅花的欢愉
撒娇地摆开裙摆
动情地为丰收的十月

布阵

有人说它是天女喜悦的泪
有人说它是天女散下的花
大地说它是清茶一杯
诗人说它是美酒一瓶
沁人

有情人自远方来
带着盈盈的笑容
如少女般调皮
采千万朵梨花
庆生

有情人自远方来
带着未改的乡音
有情人自远方来
带着昔日的温情
迎春

有情人自远方来

立身的甲板正花红
妩媚是它的丰姿
亮丽是它的娇身
迷人

有情人自远方来
立身的甲板正花红
多情的它心潮起伏
就像那小别又重逢
羞情

有情人自远方来
立身的甲板正花红
愿撒一路钟情的歌谣
愿筑一座鹊桥连接西东
醉人

春雪进驻我的怀抱
我便把她搂紧
我进入春雪的怀抱
便感觉到了爱的温馨
萌生

春（二首）

一

让青翠飘落到山野
令花香进驻到心窝
我是太阳下
最乖巧的女孩儿

走吧
跟我浪迹天涯

二

阳光给生命烙上芽痕
求生的欲望未尽
是桃花的那滴泪
枯草返老还童

野花赞

群蜂欢呼雀跃
履行着别时之约
蒲公英二月兰进驻河两岸
蓬蒿紫花地丁满山坡

不为争春而斗艳
不为比美而掠夺

顶风寒而怒放
耐寂寞而挺拔
翩翩起舞中
与太阳对话

有情的人儿
如果真是追星族
就变吧

变成一只小蜜蜂
随野花远嫁

然后
孕育出盛世繁华

夏夜

玉兔到天宫郊游
星儿到河中乘凉
月儿刚想唱首歌
又被蛙声打断

诗人意欲给嫦娥写封信
寄一曲故乡的花香
怕就怕天黑路途远
她不便

如果我是萤火虫
一定要把世界照亮

夏趣

鱼儿丢下一串气泡
来到岸边
一个打挺
躲过了血色的钩
一个急转
挣脱了带泪的网
朝那岸上的隐者
直翻白眼

荷花正在为失恋烦恼
正魂不守舍
正心不在焉
见鱼儿走过
便把头点

鱼儿　别怕
咱俩玩

金秋礼赞

月儿荡波的时候
我关着门
做着美丽的梦
太阳郊游的时候
我关着门
还在做着那个梦
我梦见
山山水水花正红
神州大地歌正浓

红叶飘飘
缀在我心爱的连衣裙

十月

十月

不是历法

十月

不是时辰

十月

是崇山

十月

是彩虹

十月

是晚会

十月

是团民族魂

十月的长城

分外明

秋风

远征

总是心潮澎湃

到来

依旧是一个害羞的女孩儿

回眸

儿时的路

总是充满笑的情怀

回眸

儿时的路

总是充满爱的情怀

嫁给我吧　春风

谁让我们两小无猜

秋雨

幽香的橘黄色
是太阳的杰作
丰收
才是独具的喜悦
笑
是情感的爆发
笑久了
也便激动下泪滴

泪是锁不住的歌
泪是多情的河
流淌
伴着秋风扫落叶

重阳

雁驾长风拍阔宇
惊落红霞片片
甜醉了稻谷高粱

蜂立菊头吻暖阳
吐出清香宴劳繁
高山下　小村旁
一泓清泉崖间挂
满山红叶戏鸳鸯

用微信
诚邀易安兴回舟
拿大碗
凭栏把酒敬花黄

冬天

用冰雪下酒

对寒风放歌

冷　怕什么

有雪莱的诗句烤着

飞雪

经不住北风的欺骗

不明了寒潮的谎言

愣是把泪腺打开

与人不便

七

心心相印

爱情，历来就是文人墨客吟咏的话题，它就像一座巨大的宝藏，取之不尽，用之不竭。它成就了许多文人，也愉悦了众多读者。

握手（二首）

一

友谊
用青春相托
用人格相视
对忠诚的向往
是生命的长河
祝福
是一种慰藉

二

真诚的相视
是心灵的拥抱

爱（六首）

一

爱
是寒冷时的火
爱
是饥饿时的食
爱
是黑夜里的那盏灯
总也孕育着
迷人的曙色

两情相悦
是人生最美的花朵

二

似二月的红梅

催生着生命的萌发

似夏日的牡丹
给淡抹的生命以浓烈

似满山的香菊
默记着大雁展翅的足迹

似冰山上的雪莲
抿饮着纷纷扬扬的飞雪

爱是一剂最苦的药
喝过它的都心潮起伏

爱是一壶最浓烈的酒
品过它的都兴高采烈

爱是一张高昂的罚款
上缴时大家都从不吝啬

爱是一条最难走的路
走好的也不乏其数

真正的爱

没有我

三

你

还要把我的心带到哪里

我不能没有心呀

你

还要把我的魂带到哪里

我不能没有魂呀

除非

你连我带上

四

把情种到心上人的眸子里

栖身

爱

便会常新

五

在她欢喜的笑容里

在她愉悦的瞳仁里

长出你的真诚

微笑

这就是爱

你说呢

六

是缘

让我们共对未来

携手

能挽出彩虹

海市异彩纷呈

生活琐碎惨白

幸福的彼岸

帆桨无猜

花季

你的花季
我的花季
开放在同一天地
同一世纪

近无风
远无息
我的相思之树
孕育着丰厚的甜蜜

注目礼

这是我的秘密
这是我的深情
满心的祝福

伴你远行
等等我
我的神

我的神
请留下一块空地
让我去耕耘
耕耘
愿撒下爱的相思
营造万紫千红

请带去我的眼睛
眼睛
留下你的倩影
倩影
化作一种
理解和沟通

为了前方
春正浓
为了前方
花正红

迎亲

依旧是那披红挂绿

依旧是那锣鼓喧天

骑着那枣红的战马

伴着那礼炮的鸣响

欢歌

是爱的花环

笑语

是情的感叹

无论多么美好的传奇

都不如这婚礼的平淡

赞歌

是两颗滚烫的心相撞

相亲

越是深深的企盼
才越是来去匆匆
越是看那最美好的风景
视线才越朦胧

接过杯
竟溅湿衣襟
静听着
也答非所问

开花的季节
月儿明
开花的季节
春意浓

爱的浪花

你的天际

我的天际

交汇处

霞彩一片

绿原如毯

花香缠绵

情

是最好的红娘

高山是歌

溪水在唱

情　是爱

是缘

山盟海誓

是两情相尊的诗篇

海枯石烂

是两情相拥的臂膀

唯如此

才是爱的最高境界

爱才沁人心脾

爱才美丽芬芳

你的笑容

我的笑容

同系着一条红飘带

同开在一株并蒂莲

两情若是逢知己

任凭它

天风磅礴

惊涛拍岸

恋人的照片

妖娆的秋菊在书桌上绽放

娇美的牡丹在床头放电

有一个多情的你

在眼前　在心上

白天

给我欢乐

夜晚

伴我入眠

盛夏

你是我的风扇

寒冬

我用你取暖

谁说人生路崎岖

有你

途程定会鸟语花香
谁说人生路坎坷
为你
我定会乘风破浪

心中的偶像

你为什么总是钻入我的眼帘
哪怕隔着万水千山
你为什么总是侵入我的心房
哪怕我把嘴闭得很严

你是我手中的纸笔
却总也画不出你娇美的模样
在眼前
在心上

你是我心中的太阳
我却总想着月儿弯弯

垂柳下

小溪旁

记梦

思念久了

才会入梦

心里有了

便会缠心

心里的人越走越远

才是人生最大的痛

岁月的相握

相握的岁月

进入梦中

采一朵鲜花插在你的发中

编一个花环飘在你的前胸

你就是我心中的人

画一座小院给你

好让你安身
记得给我
留个门

我是一首诗
是你心灵的歌
你是一朵笑
是我甜蜜的河
你别开口
我不咽下
爱才能升华
爱才能永久
心才能相印
相思
是我们相互的祝福

天边
升起彩虹
为你
为我

爱的足迹

心灵的天空
任往事漂泊
唯有爱
驻足
人生是条奋进的河
旋律随着爱的音符起伏

牵手的岁月
令青春闪烁
只因爱
执着
人生是条五彩的河
激情从爱的键盘上走过

脚下是忠诚生出的风
我愿将云霞摘下做花朵
脚下是尊重铺就的路
我愿用一生走出天高海阔

八
劳动赞歌

社会进步，生活美好，一切都离不开人们的辛勤劳动。劳动不但丰富了人们的物质和文化生活，而且提升了人们的思想品德和人生修为。正如革命导师恩格斯所说：“劳动创造了人本身。”对每个人来说，劳动是堂必修课，你必须去修；劳动是道必答题，你必须去答。都说“劳动最光荣”，你必须成为最光荣的那一个，我才会为你点赞。

打场

天南地北的喜悦汇入校场
满山遍野的精灵正纵情高唱
金黄色的希望随着人们的笑声飞扬
庆丰收的号子随风激荡

东南西北风
春夏秋冬缘
欢聚一堂
举起飘香的美酒
向付出致敬
举起暖心的美酒
为收获鼓掌

心儿像一朵盛开的花
为恋人怒放

打井

铁鸟轰鸣

支撑着白云

腾空

投入全部的热情

总也走不出

泥泞

深入底层

是上进

推磨

一生只会画这

一个圆

一生就离不开这

一个点

也曾想

买个鬼

享享清闲

却无奈

没钱

磨儿磨儿快点转

多挣窝头两个半

脚儿脚儿慢点长

脚小买鞋省俩钱

挑担（三首）

一

一根扁担两只筐

前面放金钱

后面放奉献

有人前轻后重

有人前重后轻

痒痒的心
好一阵思量

想想前辈抛头颅
看着儿孙进考场
后重
我认

二

天边
有两处别致的风景
一处干枯的松林
一处闪亮的黄金

有人
挑起了泉水甘醇奔向松林
崎岖的山脊
一步一个脚印

有人
挑着空桶奔向黄金
何惜路边花正嫣
如入无人之境

望着挑甘泉的人
我肃然起敬
望着抢黄金的人
我牙痒得把眼瞪

三

担子
是肩上的花
担子
是磨破铁鞋的脚丫
一前一后两座山
休想把我压趴下

要将历史挑到未来

要将贫穷挑到繁华
再多的苦和累
又有什么可怕

仿佛挑起的不是担
是牙
仿佛挑起的不是担
是少壮的满头白发

钓鱼

钓鱼
是曲信天游
优美动听
钓鱼
是场马拉松
磨人角棱
于是
便风靡流行

鱼说
不怕这钓
就怕这
耐心

街头艺人

春风的复活
放飞了心情
驱逐出寂寞

围一炉温馨
流萤的歌喉
包围了夜空

如诗　如画
震荡着生命的节拍

如歌　如诉

拍打着生命的钢琴

白天
是乡民消闲的茶
夜晚
是乡民娱乐的花

街头艺人
就住在乡民的笑声中

打猎

或许是心血来潮
或许是肠胃在挠
出猎　像苏轼那样
左牵黄　右擎苍
肩上扛着锈土枪

咚

吓得树叶惊慌

咚

惊得尘土飞扬

田中有株

却不见山珍瞎撞

池中有钩

却没有海味上当

寒风刺骨扬衣裳

满腔怒火不见狼

都给老子出来

不然　咚

举起的是枪

瞄准的是天

不服的是心

认输的是身

咚

总希望有收获出现

其实　你真傻

何不偷猎

苏轼的

黄和苍

九
无奈时刻

人立身尘世，会有许多无奈的事情。比如遭受自然的侵害，比如被人误解，比如遇到自己解决不了的问题。遭遇令自己无奈的事并不可怕，可怕的是不去积极应对。不在无奈面前躺平，而是于无奈中崛起，才是无愧于内心、无愧于人生的明智之举。文人亦然。

我不失望

在北京市通州区大运河桥头，我向一位路人打听："这就是大运河吗？"路人告诉我："是的，它（指污染）可能会让你失望。"

我不失望
我的母亲河呀
你是我心中的花环
飘在百姓的颈项
我
被感动注满

我不失望
我的母亲河呀
你是血
你是汗
养育龙种
迎送大雁
百姓是春风

诗人是花瓣
我们托你
登穹宇
把月揽
与天欢

我不失望
我的母亲河呀
春天是百花的盛会
企盼有脍炙人口的诗篇
爱与美
永相恋
长风破浪会有时
我们重创好时光

我不失望
我的母亲河呀
待到花好月圆时
以歌当酒共祝愿

哦　我的母亲河呀
我不失望

我就是不说

你春日的洁白

如梨花

纯真

你夏天的火红

如牡丹

醉人

你金秋的芳香

如金菊

暖心

你飞雪中的傲蕾

如雪莲

迷人

你是我默恋的启明星

将我引向温情

曙色中

我望着你　动情

我就是不说

你是我相思的弯月
如舟
载我渡向梦中
梦中　与你相亲

我就是不说

你是我远航的航标
你是我向往的征程
你是我永远的留恋
你是我生命的春风

我就是不说

你优雅地来
迎你
用笑

把你托在掌心
醉人

你潇洒地去
送你
用泪
跟你去向远方
化虹

你是那火红的玫瑰
开得我心疼
你是那迷人的桃花
开得我凝神

我就是不说

你笑的时候
我咬着唇
你哭的时候
我咬着唇

我怕
若是咬破了唇
会吓你一跳
我选择了转身

我怎么和你说呢

直到你嫁给了别人
我的嘴溢出了鲜红

我还能跟你说吗

远行的人（三首）

一

如果不是生活所迫
如果不是工作所需
谁愿
离家走出

外面的世界再好
还能好过家的惬意
外面的茶饭再香
还能香过胃肠的记忆

天边的红霞里
不一定全是蜜
或许还有一些忧愁
或许还有一点励志

入乡随俗吧　游子
人生本来就该冲刺
来之则安吧　游子
谁没有过失眠时

二

谁送谁全然不知
祝愿如此乏力
满面阴云
满腹雷鸣

是空　是困　是痛

用餐之后仍迷离

扭转脸吧

把泪的河道改在心里

任它山洪撞击

任它漫过岸堤

举起的是手

放不下的是

……

三

足下是前进的车轮

思绪是后退的足迹

远在他乡

心遭锥刺

这是哪里

这是哪里

现实

忙碌着生计

梦中

仍是故里

趣论商品

两个冬瓜

一样大

同样的爹来

同样的妈

一个自个儿吃

一个卖钱花

请问经济学家

哪个是产品哪个是商品

给老农一个肯定的回答

经济学家好一阵思索

抽了自己两嘴巴

看露天电影

在银河的落晖里
在星辰的嬉戏中
也领略到这
战歌的雄浑
都市的美艳
三人一伙
五人一群
随随便便

主人公们满头大汗
才知台下清凉
想掬一捧小溪的水
导演不让

呐喊

不应低头咬牙顶
坚贞乃血泪所凝成
不忍再吟做人难呀
为何还是难做人

象棋

不知较量了多少个回合
双方总也难分难解
是谁设定的楚河汉界
双方都想争夺

有多少挑衅
便有多少还击
楚河是血

汉界是骨

战争
需要的是忠勇和壮烈
就如这优秀的小卒
前进永远是它的本色

战争是镜
底色是血
战争是镜
映出白骨

朝阳似火
夕阳如血
岁月难平
楚河汉界

关于断层

坚硬的地壳遭遇不平
便生出了许多断层
断层处龇牙咧嘴
像在控诉暗潮的汹涌

残年的额头长满沟壑
稀疏的鬓发遍染霜雪
本是平整的一张桌
错落成几段坑洼的残缺

谁能抚平跋涉的创伤
谁能把断崖修复
大地在呼唤公平
苍天在呼唤守约

不然
你会被大自然摔得粉身碎骨

画外音

广播影视是谁的发明
是我童心的疑问
如此动听
如此逼真

我曾问过孙悟空
有道是
山重水复疑无路
柳暗花明又一村
吴承恩却说
生活才是艺术的主人
不信
你问陆放翁

论暴风雪

是谁撕碎了天幕

让无情覆盖了年终岁末

就像老天抛下的一个噩梦

将温情蚕食